푸른사상
시선

52

진뫼로 간다

김 도 수 시집

푸른사상 시선 52

진뫼로 간다

인쇄 · 2015년 4월 25일 | 발행 · 2015년 4월 30일

지은이 · 김도수
펴낸이 · 한봉숙
펴낸곳 · 푸른사상
주간 · 맹문재 | 편집 · 지순이 | 교정 · 김수란

등록 · 1999년 7월 8일 제2-2876호
주소 · 서울시 중구 충무로 29(초동) 아시아미디어타워 502호
대표전화 · 02) 2268-8706(7) | 팩시밀리 · 02) 2268-8708
이메일 · prun21c@hanmail.net / prunsasang@naver.com
홈페이지 · http://www.prun21c.com

ⓒ 김도수, 2015

ISBN 979-11-308-0402-6 03810
ISBN 978-89-5640-765-4 04810 (세트)

값 8,000원

진뫼로 간다

산은 여전히 푸르고 새들은 여전히 울어댄다. 하지만 함께 부대끼며 흙과 나뒹굴던 이웃들이 떠나간 마을은 적막하기만 하다.

섬진강 상류 산골짝 강변 마을에서 태어나 가난하게 살았지만 자연이 안겨주는 풍요로움이 있었기에 나의 유년은 결코 가난하지 않았다.

마을 사람들이 서로를 품어 안으며 사람답게 살았던 삶을 나는 자연스레 보고 배웠다.

손발이 소가죽처럼 단단해지도록 오직 자식들을 위해 살아온 부모님 세대와 선대들에 대한 고마움을 마음에 새긴 채 오늘을 살아간다. 그분들의 고난과 헌신이 있었기에 지금의 우리가 있지 않겠는가.

이 시집에 쓰인 언어들은 가능한 한 나의 고향 마을에서 통용되는 말을 그대로 썼다. '촌스럽다'고 흔히 폄하되기 일쑤인 시골말 속에 담긴 삶의 생생함과 진정성을 같이 나누고픈 마음이다. 내겐 고향 말이 변방의 사투리가 아니다. 어머니의 말이자, 일상의 표준어이다.

지금 내가 그래도 뭔가 쓸 만한 놈으로 살아가고 있다면, 그건 순전히 고향의 강과 산, 고향 사람들의 삶에 빚진 결과일 것이다. 고마움 사무쳐 절한다. 나를 키워준 아름다운 고향 산천과 순정한 사람들에게.

2015년 봄, 섬진강변 진뫼마을에서

■ 시인의 말

제1부

| 차례 |

제2부

제3부

| 차례 |

제4부

제1부

흙

배추밭에 들어가 풀 매고
밭두렁 올라서는데
고무신 속 몽근 흙
발걸음 옮길 때마다 곰지락거린다

울 어매 발바닥 닳게
내 생명 키워준
그 흙 한 톨도 아까워

다시 밭으로 들어가
탈탈 털고 나왔다

손

벽장에서 내린 찬 이불
선뜻 파고들 수 없어
올망졸망한 자식들 머뭇거리는데
차디찬 이불 속 먼저 파고들어
온기 불어넣는 어머니

옆으로 쏘오옥 파고들어
따뜻한 젖 만지면
세상은 다 내 것이었다

새벽녘 눈 비비자마자
젖 만지려 앞가슴 더듬는데
두툼한 손이 덥석 잡힌다

어!
어매 젖은 내 것인디
이게 누 손이다냐

자식들에게 나누어주느라 식어버린

어머니의 온기를 채워주려는

아버지 손

뽕나무

고추밭 밭두렁
어머니가 심은
뽕나무 한 그루

곡식에 그늘만 찐게
비어불제 뭐더게 놔두냐
마을 사람들 나무라지만

연둣빛 뽕잎 사이로 봉긋
젖살 드러낸 오디
어머니 젖꼭지처럼 붉어질 때면

늙수그레한 사내자식
붉은 오디
쪽쪽 빨고 서 있다

봄이면 옷고름 풀어헤치고
딱 한 번 젖 주고 가는

어머니 나무
아직 푸르다

참깨 한 알

오뉴월 뙤약볕
종일 참깨밭에 쪼그리고 앉아
우부룩하게 솟아난 참깨 솎아주며
고랑에 수북하게 자란 풀 매주다
허리 한 번 펴주려 일어설 때
땅 빙빙 어질머리 나본 사람

이빨 사이에 낀 참깨 한 알
이쑤시개로 톡 빼내버리지 않고
입 안에 다시 넣는다

정자나무 말매미

마을 대소사 논하며 고함치던
주민의사당 정자나무
그늘만 드리워진 채 오늘도
떠나간 마을 사람들 기다리고 있는데

떨어진 삭정이 한 토막도
발끝으로 차지 않고
신성시하며 소원 빌던 나무 아래

외지인들 아침부터 돗자리 깔고
판 벌여 고스톱 치고
가스 불에 삼겹살 굽고
술 마시고 궁짝궁짝

여기가 어디라고
어느 곳인지 알기나 하냐고
정자나무에 붙어 우는 말매미
어찌나 바락바락 악을 쓰며 우는지
잎사귀도 흔들려 함께 운다

밥 굶고 살지는 않았다

두 다랑이 합치면 한 마지기는 넘고
두 마지기는 채 못 되어서
말서되지기라 불리는
용쏘갱번 봇도랑 논

베어 말린 벼
한 다발씩 묶어 나르며
가리 쌓고 있는데

논바닥에 떨어진 벼 이삭
그냥 지나칠 수 없어
호주머니 속에 주워 넣는다

남자 새끼가 나락 모가지 주워 담으면
이 담에 커서 큰사람 못 된다고
아버지는 벼 이삭 빼앗아
논바닥에 훅 내던져버린다

농사, 일 년에 한 번 짓제 두 번 짓가디

떨어진 나락 모가지 눈앞에 보이는데
어찌 그냥 지나쳐버릴 수 있다요

그려, 니 말이 맞다
농사, 일 년에 한 번 짓제 두 번 안 짓제
너는 커서 밥 굶고 살지는 않겄다

파리 한 마리

일요일, 고향 텃밭에 참깨 털고
되돌아오는 길
파리 한 마리
차 안으로 따라 들어와
귀찮게 달라붙어 쫓다 포기했다

텃밭에 거름 내러 달려간 토요일
고향 도착해 차 문 여는데
어디서 숨었다 나오는지
윙 하며 재빨리 빠져나간다

파리, 저놈도
고향에서 살다 죽겠노라고

군우실 할매

기어다니는 개미도 피해
땅 골라 밟던 군우실 할매
하굣길 책보 메고 달려오면
마을회관 앞에 앉아

아가야, 살살 댕기라
땅바닥에 기어댕기는 개미 새끼들
다 밟아 죽일라

흰 저고리 지붕 위로 던져진 새벽
물안개 앞산 타고 하늘로 오르고

꽃상여 놓인 헛간으로
이른 아침부터
검은 상복 차려입은 개미 떼들
꼬리에 꼬리를 물고 몰려와
차례차례 문상을 하고 있다

벌초하러 가는 길

어머니 산소에 벌초 가는 길
철물점에서 조선낫 한 가락 샀다

이 안 빠지는 낫이라고
손잡이에 새겨져 있다

사람 새끼로 태어났으니
사람답게 행동하며 살라는 말씀
가슴에 새겨 살지만

이 안 빠진 삶 살고 있다
당당하게 고백할 수 있을까

짐탑

강 건너 고추밭
거름 내는 아버지

하루 종일
몇 번 져 날랐는지
집 들어설 때마다
뜰방 세숫대야 속에
돌멩이 던져 넣고 있다

거름 한 짐
돌멩이 한 개

땅거미 질 때까지
짐탑 쌓고 있다

누이 전화

노랑나비 한 마리
너울대는 아지랑이 따라
마당 훨훨 날고 있는데
전화벨 울린다

오빠
나 어젯밤 꿈속에서 엄마 보았는디
세상에 비 온디 보리밭 매고 있더랑게
속상해 죽겠어

살아서 호맹이 닳게 살았으면
이제 그만 던져불고
뒷짐 지고 편안히 만났으면 좋겠어

꿈속에서도 일하는 모습 보니
속 많이 상했겠구나

인자 호멩이 던져불 때도 되았는디

뭐더게 비 온디 밭 매고 나타나

막내를 울리고 그런데아

아직도 마당엔

노랑나비 훨훨 날고 있는데

천수 형님

댓자리 떠나 산 적 없는 천수 형님
약초 캐러 갔다가 너덜겅에 넘어져
허리 다쳐 석 달째 병상에 누워 있다

언능 인나셔야죠, 봉투 내미니
흉터 위에 흉터진 손으로 만지작거리며
뭐더게 이런 걸 가지고 왔어
입가 주름살 파르르 떨고 있다

허리 아픈 것보다
햇빛 못 보고 지낸게 훨씬 더 힘들고만

긍게 어른들이 뭐랍뎌
밥 잘 묵고 끙끙 일허는 것이
핀허다 안 그럽뎌

승강기에 붙은 거울 보던 아내
천수 아저씨 피부가 원래 시커멓게 생긴 줄 알았는디

병상에 누워 있응게 뽀얗게 되아부네, 잉

나락 모가지 실허게 올라와야 헐 턴디
아흔 살 노모 치매 병원비 걱정하는 형님 얼굴
실금 간 승강기 거울에 잠겨 있다

봄날

춘분 지나 아내 앞세우고
부모님 사진 나란히 윗목에 걸린
고향 집에서 하룻밤 자는데

새벽녘 아내가 투덜거리며
부스스 잠에서 깨어난다

에이, 새소리 땜시
잠에서 깨붓네

울 아부지 손 잡고 꽃신 사러
장에 가고 있었는디

햅쌀밥

윤기 자르르한 햅쌀밥
밥상에 올라왔다

톡,
돌을 깨문 어머니

얼릉 뱉아내요
맹장 걸려

내 말 끝나기도 전
물 한 모금에 남은 밥티 하나까지
꼴딱 삼켜버리고 만다

갯터 징검다리

징검돌 위로 살얼음 잡히던 날
건너는 갯터 징검다리

깃털 내려앉듯
살금살금 내디디며
중간쯤 건넜을까

둥글볼록한 돌 내딛다
그만 미끄러져
풍덩
육성회비 놓쳐버렸다

땔나무 팔아 건네준 돈
얼음장 밑으로 사라진 후
아버지 등짐 앗아간
강물 소리 듣기 싫어

물레방앗간 가는 길
홀로 돌아서 다녔다

제2부

몸 만들기

설 쇠러 왔던 자식들 떠나간 초사흗날
어매들 회관 방으로 모여드는데
구름 사이로 빠끔히 한 줌 햇살

아이고메!
또 봄이 돌아온디 어쩐데아

썽썽한 두 눈 뜨고
논밭 묵히고 살 수는 없제
기어다님서라도 올해 또 농사져야제

강 따라 굽이도는 S라인 길
절룩절룩
꼬부랑꼬부랑
팔 앞뒤로 휘휘 내저으며

어긋난 몸 추스르려
몸 만들고 있는 어매들

귀뚜라미 울던 밤

희끄무레한 백열전등 아래
가쁜 숨 몰아쉬던 아버지

어깨춤 두어 번 추더니
이내 이승의 끈 놓아버린
귀뚜라미 울던 밤

뽕뽕 구멍 난
누우런 러닝샤쓰
그 사이로
앙상하게 불거진 갈비뼈

그 안에 들어 있던
일곱 자식들

돌나물

서울 사는 큰집 향자 조카
어버이날이면 한 해도 거르지 않고
선산, 아버지 찾아오는데

뒤란 장독대 사이
노랗게 물든 돌나물꽃 보더니
울 엄마 돌나물 좋아헌디
요놈 뜯어다 화단에 심어놓고
올 때마다 무쳐줘야 쓰겄네

봄이면 딸내미 집에 와
어쩌면 요로케 맛나다냐
진뫼 것이라 그러겄제

싹싹 비벼
밥 한 그릇 다 드신다며
고향 내음 서울에서 전한다

사랑비

월곡양반 월곡대
손발톱 속에 낀 흙
마당에 뿌려져
일곱 자식 밟고 살았네

미루나무 한 그루

강 건너 마을 앞 강변
미루나무 네 그루
고등학교 졸업하던 해
나무심기 울력하던 형
네 형제 우애 기리려 심었다

이천이년 태풍 루사 때
세 그루 쓰러지고
한 그루만 남아
강변 지키고 서 있는데

주말마다 고향 따라다니는
코흘리개 아들
미루나무 한 그루 덜렁 서 있는
강변 바라보며 하는 말

아빠만 자주 오니
아빠 나무만 버티고 있네

삼대논

가뭄 들어도
봇도랑 있어
언제든 물 댈 수 있고

찰흙 논이라
모심기도 좋고
쌀 수확량 최고여서
배곯아가며 샀다는
내집땅 삼대논 두 마지기

논 사면 최소한
삼대에 걸쳐 팔아먹지 않고
대대로 농사지어 먹는다는 삼대논

막내딸 시집보낼 때
수중에 돈 한 푼 없어
삼대논만 바라보던 아버지

너그 어매 죽고 없응게

내가 솜이불만은 해줄란다

누이 시집간 지 이십오 년
논 팔아 해준 솜이불
다시 보송보송 타서
팍신하게 덮고 잔단다

추석날 밤

추석 쇠러
고향 집으로 모여든
현호네 집 사 형제

반들거리던 마당
우북하게 풀 돋아
싹싹 베어내고

쑥 뜯어
도 개 걸 윷 모
멍석 위에 말판 그려
부부 대항 윷놀이 하는데

슬레이트 지붕 위로
덩두렷하게 뜬 보름달
쫓고 쫓기는 말 비추느라
구름 헤치기 바쁘다

허락바위

빨랫방망이 소리 맞춰
바위에 올라 춤추고 노래하고
평밭으로 밭 매러 가는 어매들
급류에 휩쓸려 가버리지나 않을까 가늠해보고
마음의 허락을 받아내고 건너던 허락바위

내 고향 강가로 돌려보내 주세요
강 마을 사람들 삶의 애환을 지켜보면서
섬진강의 거센 물결 이겨내면서
내 놓여 있던 그 자리에 돌아가 살고 싶어요

관공서로 끌려간 지 십이 년
자율이란 한자 새겨져 상처 안은 채
제자리 찾아 고향으로 돌아오던 날
막걸리 한 잔 부어주니
강물도 느티나무도 너울너울 춤을 추더라

봉선화

돌담과 시멘트 사이
씨알 하나 들어갈 수 없는 틈
대책 없이 싹 내밀고 있다

한 뼘 두 뼘
하늘 향할수록 몸통 굵어져
바람 불 때마다 휘청휘청
위태롭게 서 있다

바람 불면 온몸 내밀어
흙먼지 불러 모아
짓눌린 발목 사이에 움켜 넣고

잔뿌리 사방팔방
붉은 입술 빼꼼히 내밀어
손톱에 첫사랑 새겨놓고
돌담 아래 꽃씨 뿌리고 간다

찬 서리에 쓰러져 마른 몸통

활처럼 휘어지면서도

둥근 씨알 몇 개 꼭 감싸 안고서

새봄 기다리고 있다

진뫼 오리길

산모퉁이 돌면
산과 산 사이 강물 굽이쳐
버선배미 장구배미
다랭이논 적시며

비탈진 앞산 보리밭
춤추는 보리까끄라기
강물 기웃거리고

정자나무 강물에 몸 담그며
푸른 가지 흔들어
쉬었다 가라 붙드는 곳

동구 밖 몰무동길 들어서면
어머니 저녁밥 짓는 냄새
코를 찔러
부리나케 달려가는 곳

머릿속으로 수수 만 번도 더 걸었던

눈에 아른거려 고향 떠나
하루도 잊고 산 적 없는 길

뒤돌아보지 마라

아버지 농사 대출 빚보증 잘못 서
고등학교 입학원서 대신 취업하러
밤 열차 타러 가던 병무 조카

동구 밖까지 따라 나오며
봄인디 뭔 눈이 요로케 쏟아진다냐
어깨 탈탈 털어주며 등 두들겨주던
아랫집 월곡 할머니

뒤돌아보지 마라
뒤돌아보면
사내자식 아무것도 못 헌다

지폐 한 장 쥔 손
봄눈 녹아 젖어들고

어머니 저녁밥 짓는 연기
오리길 내내 따라오네

제대하던 날

울 아들 제대했다며
피엑스에서 사온 담배
집안 어르신들께 돌리고
호맹이 친구들 불러
얼큰하게 지진 돼지고기 찌개
한 냄비 마루에 올려놓고
대두병 탈탈 비우며

울 아들 무사히 제대했다며
인자 국가에서 놔줬응게
이제부터 내 아들 되었다며
뜰방에서 맨발로
어깨춤 덩실덩실 추던 어머니

불효자식

고향 다니러 온 형님께
쌀가마니 챙겨주는 어머니

비도 니리고 헝게
니가 좀 갔다오니라
나 몰라, 안 갈 거여

새몰 사람들이 지게 짊어지고 니로는 나를 보고
월국떡은 자식도 없냐고 쑥덕거리면 너는 좋냐

성기게 내리는 보슬비
쌀, 아버지 짊어지고
보따리, 어머니 이고
버스정류장 나가고 있다

나 대신 지게 탈래탈래 짊어지고
정자나무 아래 걸어오는 어머니 모습 보고
얼른 골목으로 숨어들었다

막걸리

모내기하려
놉 얻으러 간 어머니

막걸리 한 잔
입만 대고 남겨 와

저물녘
어머니 한 모금
나 한 모금 마시는데

슬멋슬멋
절반 더 마신 척

아나, 이제 너 묵거라

첫사랑

검정 교복 위에 롱코트 걸쳐 입고
머리카락 두 갈래 땋아
어깨까지 늘어뜨리고
힐끔힐끔 뒤돌아보며 걸어간다

아,
조샌떡네 집 그 아이

발목까지 빠지는 눈
한 치의 오차도 없이
발자국 포개가며
졸졸 따라가고 있다

마주치면 풍덩
헤어 나오지 못할 커다란 눈
금세 빨개질 거 같은 새하얀 볼
눈웃음칠 때

살짝 내보이는 백옥 같은 덧니

몰무동 논두렁 언덕에
빨리 좀 따라오세요
새겨놓고 도망치는
첫사랑 새겨놓은 길

제3부

나이

— 아우에게

김장 끝난 뒤 남은 시래기만 보아도
자꾸 어머니 생각이 난다
쉰 보리밥 아까워 물에 씻어 훌훌 드시던
꾸지나무 가시 두려워하지 않고
모자란 뽕 따서 누에를 치던
소가죽처럼 굳은살 단단히 박여 있던 손
농사 끝난 겨울철엔 땔나무하러 다니다
부드러워야 할 손이 온통 상처투성이로
밤이면 윗목에 앉아 가시를 빼내던
곪은 살 짜보면 그 속에서 톡 튀어나오던
시커먼 가시들
이제야 어머니 생각이 간절히 나는 걸 보니
나도 이제 나이가 들었나 보다
가만, 내 나이 벌써 오십이구나
요즘 출근할 때 거울을 보면
자꾸 어머니 얼굴이 떠올라
새삼스레 너에게 소식 전한다

정식이네 집

논밭 서너 뙈기 짓던 당숙모
올망졸망한 자식들 데리고
서울로 이사간 지 이십여 년
지붕 위에 개망초 피었다

봄비에 부엌 기울고
여름비에 작은방 기울고
가을비에 안방 기울고
겨울비에 마룻장 떠서
반쯤 누워 버티고 서 있다
싸라기눈 내리는 날
서울 쪽으로 그만
덜퍼덕
드러눕고 말았다

세월 연기 그을린 대들보
검게 변한 코 묻은 상기둥
이사 간 날부터

서울 쪽만 바라보며

하루해 넘기고 있었나 보다

나락 모가지

아들아
동 벤 저 시퍼런 나락 모가지
꼿꼿허게 고개 쳐들고 올라오지만

사람 노릇하고 사는 분들 위해
허기진 배 채우고 살라
노릇노릇 익어 고개 숙이듯

남보다 좀 잘났다고 히서
머릿속에 아는 거
및 개 더 들었다고 히서
고개 빳빳허게 쳐들고 댕김선
허세 부리지 말고 살거라

우리 사는 일
나락 모가지와 같단다

소쩍새

대학 문 못 밟고
쇠죽방에 누워 자는데
소쩍소쩍
문틈 뚫고 들려오는 소쩍새 소리

벽지 대신 발라놓은 누우런 신문지
인재를 찾습니다
취업 광고판 읽으며
세상 나가는 길 찾고 있다

소쩍소쩍
나도 소쩍새 따라
훌쩍훌쩍

날 밝기 전
세상 속으로 숨어들었다

까막눈

휴가 나왔다고 준 용돈 아끼고
담배도 피우지 않아
차근차근 월급까지 몽땅

백오십오 미리 곡사포 포상
뗏장으로 둘러진 방벽 속에
나무 꽁다리 꽂아 표시해두고
비닐 속에 둘둘 말아
꽉 쑤셔 박아놓은 돈

제대하는 날 꺼내
피엑스에서 전기면도기 사고
그토록 차고 싶었던 손목시계도 사고
한산도 두 보루 사서
집으로 돌아오는 길

중전마을 버스정류장에서 내려
돼지고기 두 근

소주 대두병 사 들고
오리길 걸어 마을회관 앞
골목으로 막 접어들 찰나
헐렁바지 차림의 어머니 달려나와
내 볼 마구 비벼대며

아이고! 내 새끼 고생헀다
면회 한 번 못 가 미안허다
군대에서 너는 넉 어매도 없냐고 헀제
까막눈이라 갈 수가 있어야제

볼 뜨거워지더니
눈 뜨거워지더니
까막눈에 타고 흐르는 눈물
흰 고무신 속에 뚝뚝
발등 적시고 있다

돼지고기 한 점

군에서 첫 휴가 나오니
큰아버지 생신이란다

큰어머니 일가 식솔 다 불러
돼지고기 두어 근에 물 서너 동이 붓고
무 듬성듬성 썰어
얼큰시원하게 끓인 아침상

아버지도 나도 고기 한 점 없이
훌렁한 국물에 무 몇 조각
노란 기름띠만 둥둥 뜬

윗목에서 식사하던 어머니
아나, 너 묵어라
국그릇 속에 넣어주고 가는
깍두기만 한 살코기 한 점

젊은 놈들은 앞으로 고기 묵을 날 많응게

어따, 성님이나 잡숫쇼

월국 성님은 애새끼들을 넘다 챙깄싸

나무라는 작은어머니

입 안에 없는 고깃살

쫄깃쫄깃 씹어가며

꼬올딱 삼켜가며

함께 먹어주고 있는 어머니

시름하는 강

양돈장
소 축사
양어장
모텔
식당

강 따라
하루가 다르게
주우욱 늘어만 간다

돌에 덕지덕지
누렇게 달라붙은 부유물
꼬리에 꼬리를 물고

독이 오른 독사눈처럼
사계절 내내
혀, 날름거리며
우릴 노려보고 있다

지미럴

겨우내 농사일 없어
하릴없이 지내다 보니
말동무도 없으니
마을회관으로 모여드는
어매 아부지들

아랫것테 임샌 어르신
방에 앉아 있는 사람들
한번 쭈욱 훑어보더니

허허
내 앞에 암도 없네

지미럴
인생 금방이네

진뫼 징검다리

버들피리 꺾어 불며
폴딱폴딱 건너다
미끄러져 떠내려간 검정 고무신 한 짝

해는 저무는데 집으로 돌아갈 수 없고
고무신 벗겨진 흙 묻은 발등 위로
부아 치밀어 오른 아버지 눈동자만 가득 떠오르던

거센 강바람 강물에 땔 나뭇짐 부려지고
가리똥 나뭇짐 지고 오다 떠내려가 나뭇잎 강 되던
감 따 오다 헛디뎌 붉은 강 되던
넘어지면 일으켜 세워 나를 키웠던 그 징검다리

징검다리 위쪽에 농로용 시멘트 다리가 놓이면서
이빨 빠진 듯 사라진 징검돌
추석날, 시집간 누이들까지 한 푼 두 푼
울력으로 강 마을 삶 다시 이어놓았다

우리 가는 길 어디쯤 왔는가

지나고 오는 길
뒤돌아보며 건너는

소쩍새는 또 찾아와 울고

해 떨어지자마자
소쩍소쩍
뒷산에서 울어대는 저 소쩍새

전생에 누구로 살다 간 것일까

아재였을까
아짐이었을까

아부지였을까
어매였을까

형이었을까
누나였을까

아우였을까
누이였을까

봄이면 어김없이 찾아와 우는

뒷산 저 소쩍새

다들 잠든 고요한 이 밤
누군가를 저리 애타게 불러대고 있는지

나도 누군가를 애타게 부르다
훌쩍훌쩍
소쩍새 따라 밤새 울었다

아름다운 시절

매콤달콤한 호박찌개
보리밥 한 그릇 덜퍽 부어
싹싹 비벼 먹고 나서

작은놈아!
시방 방구 뀡게
거그까지 들링가 봐라

뽀오옹

우리 집까지 크게 들려요

방귀 소리 돌담 넘어
문풍지 울려 낄낄대던
웃음도 때깔 타던 시절

뿌리

앞산 밤나무 밭에 서 있는
사십 년 넘은 먹감나무
태풍에 뿌리 절반이 뽑힌 채
쓰러져 누워 있다

뿌리만 성하면 언제든 일어나
반듯한 삶 다시 살 수 있다고

올봄
몸뚱이 열어젖히고
새순 서너 개
쭉쭉 밀어 올리고 있다

찰거머리

모 찌는데
발목 따끔거려 보니
찰거머리 한 마리 달라붙어
피, 쪽쪽 빨아먹고 있다

놀라 얼른 떼어내려 하니
조금만 더 기다리라는 듯
쉬이 떨어지지 않는다

옆에 있던 종규 아재
확 잡아채며

힘들게 농사져서 애쓰게 피 만들어논게
요새끼는 공짜로 쪽쪽 빨아 쳐묵고 자빠졌네

물꼬 돌 위에
팍팍 찍어대며

짓이겨대며

야이 새끼야
공짜 좋아허지 마라
공짜 좋아허다 디진다 디져

꽃가마

고추밭 매며 물었다
어매 꿈은 뭐여

꽃가마 하나 얻어 타고 가는 거지

요런 산골짝으로 시집와
새벽부터 저녁까지
땟국물 훔치며 사는 건
마을 사람들이 태워주는 꽃가마 하나 얻어 타고
함께 불러주는 노랫소리에 덩실덩실 춤추며
선산으로 올라가는 것이제

자식들 다 잘되고
건강하게 사는 것이라
대답할 줄 알았는데
꽃가마라니

소쩍새 우는 밤

명렬이 당숙네 비료 뗄 돈 빌려
취직 시험 공부하러 도시로 가
독서실 시멘트 바닥에 일주일간 잠이 드니
몸은 뜨끈뜨끈한 쇠죽방 그리웠는지
몸살이 나 내려오던 날 밤

종신 골병 같은 새끼야
넌 끈기도 오기도 없냐
빚만 몽땅 걸머지고 니로게

니 몸이 아픈 게 아니라
니 맘이 나약한 거여

아나, 공무원
공무원 똥구녁이나 졸졸 따라댕기라

아버지 고함칠 때마다
뒷산 정자나무에서
소쩍소쩍
함께 울어주던 소쩍새

제4부

취직 시험

쌀 두 말

고추 세 근 팔아

취직 시험 보러 갔다가

면접에서 떨어져 돌아온 날

부모 늑골 다 빼묵고 온 저놈으자슥

뭐더게 밥 채리주냐

아버지 고함 소리 울려대던 부엌문

숟가락 들지 못했다

보리

어머니, 꽃상여 타고 떠나던 날
상급배미 갈아놓은 보리들
뾰쪽뾰쪽 올라와 눈물 받아 적시고
막둥이 자식 상여 붙들더니
기어이 보리밭에 눕히고 만다

두 다리 쭉 뻗고
가지 마세요, 왜 벌써 가요
발 비벼대며 보리 짓이겨대자
배웅하던 마을 사람들 강가로 눈 돌리고

새끼줄에 덕지덕지 붙은 노자
팔락거리며 어서 가자 재촉하는데

꿈 이룬 월국떡 잘 가시오
굳은살 박인 손 흔들어대는데

여린 보리싹 바람에 흔들흔들

떠나가는 주인 붙드는데

어머니의 꿈 이루어져
너울너울 춤추며
선산으로 황망히 떠나고 있다

사까리 물

닭 한 마리 머리에 이고
계란 볏짚에 둘둘 말아
오일장에 가신 어머니

사까리 사온다는 말에
하루 종일 입 안 달짝지근해
동구 밖 바라보다 해 저문

이십 리 넘은 갈담장
차비 아끼려 막걸리 한 사발 사 드시고
걸어갔다 걸어오느라 늦은

복두 형네 찬 샘물 떠다
온 식구 마루에 빙 둘러앉아
사까리 타서 한 그릇씩 먹으면
입 안 달짝지근 얼얼해
뱃속까지 시원해

하루해가 금방 지나갔지만

밤새도록 설사만
주르륵주르륵

벼락바위에서 별 헤는 밤

아무도 없는데
무서워 어떻게 여기서 잠을 자요
괜찮아, 곧 달이 뜰 거야

아빠, 바닥이 울퉁불퉁해 잠자기 불편해요
번지르르한 아파트 방바닥 그리워하지 말고
별과 달 은하수 별똥별 안고 자거라
새벽녘 이슬 내리거든
은하수 이불 내려다 푹신하게 깔고 덮고 자거라

오늘 밤 보는 저 별과 달 은하수 별똥별
평생 가슴속에 남아 사라지지 않고 빛날 터이니
어렵고 힘들 때 더욱 반짝일 터이니
너희에게 내 가진 전 재산
오늘 밤 다 물려주는 별 헤는 밤이다

보초벌

고향집 처마 밑에
꼬마쌍살벌 집 지어놓아
한밤중 간짓대로 후려치려 하니
벌 서너 마리 웽웽거리고 있다

식구들 편히 잠자라
지금 보초 서고 있는 중
어떤 이도 접근 불허함

내 졸면 다 죽는다
똥구멍 벌렁거리며
접근하면 쏜다
침 뺐다 넣다 위협하고 있다

소쩍새는 울어대고

군대 가서 중장비 경력 쌓아
사회 나와 취직하려
외갓집 농사 자금 빌려 학원에 간 형

한눈팔면 코 베어 간다는 서울
직장 잡아 숙식 해결하는 일
아무나 하는 일 아니어서
거미줄처럼 얽힌 골목 빠져나와
보름 만에 고향으로 돌아온 날 저녁

빚만 지고 니리온 너 같은 자슥은
나 죽으면 당장에 깡통 찬다

뒷산에서 어미 새가
앞산에서 새끼 새가
앞 다퉈
소쩍소쩍

어머니와 형 부둥켜안고

세상 헤쳐 나가는 길
밤새 찾고 있다

마지막 부탁인 줄도 모르고

정수 형님네 이사간 지 십 년
비탈진 앞산 감나무밭 붉다

우리 감홍시 따다 얼려놓고
겨우내 묵자

한 망태 가득 따 집으로 왔는데
망태 하나 두고 니놔붓는디
니가 좀 가지고 올래

나, 안 갈 거여
그려, 늙은 너그 어매가
올라갔다 와야제

시제 모신 태환이 형네 집
어매들과 막걸리 한 잔 드시다
그만 뇌출혈로 쓰러져

다시는 못 올 길 떠나고 말았다

망태 가지러 비탈길 오르며
자식 키워논게 하나도 쓸 놈 없다며
고개 저었을 생각하면
붉어진 앞산 바라보기 민망하다

섬진강 지킴이 돌

섬진댐 들어서며 강은 가슴께에 탁 막혀버렸다
숨 쉬기 힘든 강은 개울물 다시 불러 흐르지만
갈수기 때면 소리조차 내지 못하는 숨죽인 강 되어
부유물만 흐물흐물
차마 눈뜨고는 쳐다볼 수 없는 강인데
섬진댐 바로 아래 또 적성댐이라니

삽 호미 내팽개치고
지팡이 짚고 꼬부랑꼬부랑
도청 수자원공사 여의도로 뛰어다니다
밤늦게 돌아와 식은 밥 한 숟가락 뜨는
섬진강 상류 산골짝 어매 아부지들

강물님
제발, 아부지 징검다리 건너 논에 가는 강이기를
밭 매고 돌아온 어매 얼굴 씻어주는 강이기를
멈추는 강이 아닌 흘러가는 강이기를

마을 삼켜버리는 강 되지 말고

마을 지켜주는 강 되라
정자나무 아래 지킴이돌 세워놓았다

첫 택시

막걸리 한 잔 드시다
갑자기 쓰러진 어머니 위해
처음으로 갈담택시 불러
전주까지 타고 가는 날

전주예수병원 응급실 도착하기 전까지
내 어깨에 머리 기대고 가는 어머니
운전대 꺾일 때마다 고개 떨군다

살아 계실 때 늘 하신 말씀
김치 하나 놓고 씰가리국에 밥 말아 묵어도
고개 숙이며 밥 먹지는 말자 그랬는데
웃음소리 이웃집 담 넘게 살자 그랬는데

태어나 처음으로 안락한 택시를 타고 가는데도
어머니는 무슨 일을 그리 잘못했는지

연신 고개를 떨구며 가고 있다

응급실에 도착해 알았다

생, 끝났을 때
고개 숙인다는 걸

눈 내리는 날 저녁

마을회관에서 저녁 드시고
집으로 돌아가는
아흔둘 댕민 할매

함박눈 꽃처럼 펑펑 쏟아져
지팡이 땅에 콕콕
한 발 꼬부랑
두 발 꼬부랑

흰 저고리, 굽은 등 못다 가려
햇볕 그을려 시커멓게 탄
활처럼 휜 등 위로 함박눈
소리 없이 내려앉고 있다

땅 가까이 얼굴 대고 살 때
비로소 등에 쌓아볼 수 있다는
저 새하얀 꽃탑

골목 환해졌다
다시 어둠 속에 묻힌다

풀과 아내

나물 캐러 갔다 돌아온 아내
아랫집 어머니께 다가가더니

요것이 뭔 나물이다요
아, 원추리여
자기 밭에 나는 나물도 모르면
밭 임재가 아니제

먹을 수 있는 나물인가요
아먼, 묵을 수 있고말고
흉년 든 해 배고픔 덜어준
귀헌 나물 중에 하나였어

우리 밭에 돋아나는 풀
하나도 버릴 게 없는
천연 야채밭이로고만

이별

영상 판독실에 가족들 다 모이라 해놓고
뇌에 피가 뭉쳐 미국에 가도 수술은 불가능합니다

구급차 타고 큰형님 집으로 가는 동안 형제들
언제 숨 멈춰버릴지 몰라 어머니 얼굴 애타게 쳐다보고
나는 인공호흡기 수동식 고무 펌프를 눌렀다 폈다
주기 꼭꼭 맞춰가며 힘껏 펌프질 해대고 있다

호흡기 달린 구급차 떠나간 골목은 낙엽만 뒹굴고
자식들 교대로 껴안고 자는데
그만 깜박 잠이 들었다 깬 순간
혹시 숨 멈춰버린 건 아닌지
달 기울고 해 뜨고 다시 날 어두워지는데
여전히 자식들 곁에 따스한 온기 주며
옆에 계신 것만으로도 행복하다

숨소리 거칠어오자
마지막 이별을 준비하는 자식들

번갈아가며 귀에 대고 고백하고 있다

엄마, 그동안 못해드린 거 죄송해요
고생했어요, 사랑해요, 고마웠어요

아직들 울면 안 돼
엄마 다 듣고 있어

숨 쉬는 모습만 바라보는 해 기운 안방
어깨 두 번 들썩이더니 이내 숨 멈추고
고단했던 이승의 끈 놓고 지그시 눈감는다

이제 영영 볼 수 없다는 현실 앞에
염습하는 아재의 손 제치고
평생 검게 그을린 얼굴, 볼과 볼 비벼대며
차갑게 식어버린 쭈글쭈글한 젖 만지며 입맞춤해주고
그동안 고생했어요, 손잡아주려 하는데

검은 초승달 열 개 나란히 박힌 손

눈에 들어와

가슴에 켜켜이 쌓인다

말과 사전

점심상 가지고 왔는데
숟가락 들길 망설이는 아버지

푸생가리* 뜯어다
밥 비벼 묵으면 좋겠다

아부지, 푸생가리가 뭐다요
빚내서 학교 보내놨더니 고것도 모르냐

사전에 안 나오는 말이어라우
뭐셔, 맥없이 돈만 갖다 내부렀는갑다

* 푸생가리(푸성가리) : 푸성귀.

발바닥 지수

오늘 텔레비전에서
자외선 지수 얼마
불쾌 지수 얼마란다

외출할 땐
선크림 바르고
양산 쓰고 나가란다

얼굴에 주름살 밭고랑처럼 퍼진 어매들
데일 듯 화끈거리는 발바닥 부지런히 옮기며
쟁글쟁글 콩밭 매고 있는데

자외선 지수도 좋고
불쾌 지수도 좋지만
발바닥 지수는 왜 없다냐

발바닥은 타들어가도 저 때가 좋았지
당장이라도 콩밭 매러 가고 싶은 할매들

하릴없이 지팡이만 토닥토닥

칡덩굴 덮여버린 산그늘 묵정밭
그렁그렁
눈 떼지 못하고 있다

진뫼로 간다

벼락바위에서 별 헤고
뱃마당에서 뱃놀이하고
자라바위에서 자라 보고
까마귀바위에서 미역 감고
두루바위에서 다이빙하고
노딧거리에서 징검다리 건너고
강변에서 황소 등 올라타고
쏘가리방죽에서 쏘가리 잡고
다슬기방죽에서 다슬기 잡고
얼음바위에서 얼음 타고
뛰엄바위에서 폴짝폴짝 뛰어보고

세상에 나가 어떻게 살아야 하는지
강변 휘젓고 다니며 배웠으니
강물 속 헤엄치며 배웠으니
나는 오늘도 진뫼로 간다

사랑의 유전과 확장

― 김도수 첫 시집 『진뫼로 간다』에 부쳐

복효근

1. 가슴으로 읽는 시

시인 김도수의 시편들을 읽자면 먼저 사투리와 만나야 한다. 그의 많은 시편들이 그의 고향 전라도 임실 진뫼 언어와 함께 직조되어 있다. 이것은 대중매체의 발달로 대한민국 구석구석까지 표준어가 일반화된 현재가 아니라 시인 김도수가 그의 시편에 담아내고 있는 과거의 시간대와 관련이 있다. 오래전 작고하신 어머니, 아버지와 공유하던 언어이다. 전라도 임실 진뫼의 사투리에 익숙하지 않은 독자에겐 소통에 다소 생소하게 다가올지 모르겠으나 이 시집에서 사투리는 아버지 어머니가 살아계셨을 때 가족을 하나로 묶어주는, 그리고 그들 사이에 형성된 정서를 표출하는 언어로 사용되고 있다. 따라서 이 시에 쓰인 사투리를 표준어로 바꾸는 순간 시편들에 담겨 있는 주제와 정서가 크게 훼손되고 만다. 그러나 그의 사투리는 임실 사투리에 익숙지 않은 독자라 할지라도 읽어보면 문맥으로 쉽게 그 의미를 따라잡을 수 있게 되는 감염성이 있다. 재미있다. 차지다. 그리고 마음이 짠하고 코끝이 찡하다. 진솔한 표현에 가슴이 더워진다. 가령 이런 것이다.

점심상 가지고 왔는데
숟가락 들길 망설이는 아버지

푸생가리* 뜯어다
밥 비벼 묵으면 좋겠다

아부지, 푸생가리가 뭐다요
빚내서 학교 보내났더니 고것도 모르냐

사전에 안 나오는 말이어라우
뭐셔, 맥없이 돈만 갖다 내부렀는갑다

* 푸생가리(푸성가리) : 푸성귀.
— 「말과 사전」 전문

또 하나, 김도수의 시에는 이야기가 있다. 방금 위에서 예로 든 시편에서도 확인할 수 있듯이 한 편 한 편 시들은 압축된 이야기(서사)를 품고 있는데 이것은 김도수 시의 전편을 관통하는 큰 특징이기도 하다. 읽어보면 짧은 단막극 하나가 머릿속에 그려진다. 이미지나 상징, 은유 등과 같은 시적 장치에 의해 의미를 구축하거나 어떤 감흥을 자아내기보다는 일화 중심으로 시가 구성되어 일화를 머릿속에 재구성하면 자연스레 시적 감동이나 진정성이 따라오게 되어 있다. 시 속에 담긴 일화는 그가 허구적 상상력으로 지어낸 것이 아니라 그가 겪은 과거의 체험에 뿌리를 두고 있다. 이 체험을 한 토막씩 압축하여 시에 형상화하고 있는데 꾸밈없이 진솔하고 일부러 복잡하게 얽어놓지 않고 단편 단편 단순하게 펼쳐놓고 있다.

이와 관련하여 이번 시집의 특징은 대부분의 시편들은 따로 해설이 필요 없을 정도로 매우 평이한 내용으로 채워져 있다는 점이다. 매우 평이하다는 점에서 긴장이 다소 떨어진다는 지적이 있을 수 있겠으나 이것은 이번에 내놓은 그의 시편들이 담고 있는 서정성과 관련하여 불가피해 보인다. 이번 시집에 그가 담아내고자 하는 정서들은 전통적 농경을 근간으로 살아왔던 고향에 대한 향수와 그 속에서 함께했던 가족들에 대한 애틋한 그리움이다. 팽팽한 언어의 긴장 속에서 논리적 분석력으로 읽어야 할 시가 있다면 언어가 그려주는 온전한 풍경과 느낌에 젖어들어 가슴으로 읽어야 하는 시가 있다. 김도수의 시는 후자에 속한다.

그래서 그의 시편들은 억지스러운 상상을 필요로 하지 않는다. 비평 언어로 그의 시들을 분석하여 이해하려고 노력해야 하거나 애써 시 속에 담겨 있는 의미를 파헤치고 간추려 설명하지 않아도 된다. 첫 작품의 첫 구절을 읽기 시작하면 맨 마지막 편

의 마지막 구절까지 물 흐르듯 바람이 불어가듯 읽어진다. 읽다
보면 시 속에 따뜻한 눈물이랑 잔잔한 웃음이랑 가슴 후비는 그
리움들이 반짝이며 가슴 저 바닥에 말갛게 가라앉는 것이다.

2. 절절한 너무 절절한

6·25 전쟁이 끝나고 1960, 70년대를 건너오면서 가난은 특별
한 것은 못 되었다. 누구나 먹고 살기 힘들고 춥고 배고팠던 시
절이었다. 앞은 강이요, 또 그 앞과 뒤는 첩첩산중인 진뫼에서
몇 뙈기 밭과 논을 일궈 일곱 자식을 키우고 가르치는 월곡댁네
삶은 단순히 가난이라는 말로 표현하기엔 너무도 처절하였다.
가난을 살아내는 모습도 가난을 벗어나기 위한 모습도 눈물겹
기는 마찬가지였다. "쉰 보리밥 아까워 물에 씻어 훌훌 드시던/
꾸지나무 가시 두려워하지 않고/모자란 뽕 따서 누에를 치던/소
가죽처럼 굳은살 단단히 박여 있던 손/농사 끝난 겨울철엔 땔나
무하러 다니다/부드러워야 할 손이 온통 상처투성이로/밤이면
윗목에 앉아 가시를 빼내던/곪은 살 짜보면 그 속에서 톡 튀어
나오던/시커먼 가시들"(「나이―아우에게」). 가난 속에 그려진 어
머니의 모습이다. 그 모습이 너무도 생생하다. 내 어머니의 생
전 모습과 겹쳐져 망연하게 이 부분에서 멈춰선 기억이 있다.
시인은 처절한 가난 속에서도 희생으로 점철된 어머니의 삶과
자식에 대한 사랑을 절절하게 그려낸다. 그런가 하면 질박하고
단호한 가부장의 거친 그러나 진정성이 문적문적 묻어나는 아

버지의 사랑을 눈물겹게 그려내고 있다.

휴가 나왔다고 준 용돈 아끼고
담배도 피우지 않아
차근차근 월급까지 몽땅

백오십오 미리 곡사포 포상
뗏장으로 둘러진 방벽 속에
나무 꽁다리 꽂아 표시해두고
비닐 속에 둘둘 말아
콱 쑤셔 박아놓은 돈

제대하는 날 꺼내
피엑스에서 전기면도기 사고
그토록 차고 싶었던 손목시계도 사고
한산도 두 보루 사서
집으로 돌아오는 길

중전마을 버스정류장에서 내려
돼지고기 두 근
소주 대두병 사 들고
오리길 걸어 마을회관 앞
골목으로 막 접어들 찰나
헐렁바지 차림의 어머니 달려나와
내 볼 마구 비벼대며

아이고! 내 새끼 고생했다

면회 한 번 못 가 미안허다
군대에서 너는 넉 어매도 없냐고 힜제
까막눈이라 갈 수가 있어야제

볼 뜨거워지더니
눈 뜨거워지더니
까막눈에 타고 흐르는 눈물
흰 고무신 속에 뚝뚝
발등 적시고 있다

―「까막눈」 전문

　군에서 제대하고 나온 자식에게 볼을 비비며 "까막눈이라" 면
회 한번 가지 못했노라고 뜨거운 눈물을 쏟는다. 어머니는 이어
서 더덩실 어깨춤을 춘다(「제대하던 날」). 어머니는 까막눈이었
다. 시인은 어머니의 까막눈을 부끄러워하지 않는다. 까막눈이
어서 더욱 곡진한, 더욱 뜨겁고 깊은, 아무것도 계산하지 않고
아무것도 바라지 않는 사랑, 시인은 지금 그 사랑을 자랑하고
있는 것이다. 시편들 곳곳에 가난해서 더욱 진실하고 뜨거운 어
머니의 사랑이 그려진다. 큰댁에 큰아버지 생신날이라고 끓인
고깃국에 고기가 없다. 어머니가 드신 국 속에 고기가 한 점 들
어 있었던 모양이다. 어머니는 깍두기만 한 그 고기 한 점을 건
져 자식에게 건네준다. 그때(「돼지고기 한 점」) 그 고기 한 점은 돼
지의 살이 아니다. 어머니의 살 한 점이다. 진실되지 않은 어머
니의 사랑이 어디 있을까만 가진 자의 여유로운, 넘쳐서 나눠주

는 그런 사랑이 아닌 당신의 온 생을 쥐어짜서 자식에게 단 젖을 물리는 핍진한 사랑이어서 아무런 시적 장치 없이도 절절한 진정성이 전해져오는 것이다.

그러나 아버지의 사랑은 사뭇 다르다. 엄하고 단호하다. "명렬이 당숙네 비료 떨 돈 빌려/취직 시험 공부하러 도시로 떠나/독서실 시멘트 바닥에 일주일간 잠이 드니/몸은 뜨끈뜨끈한 쇠죽방 그리웠는지/몸살이 나 내려오던 날 밤//종신 골병 같은 새끼야/넌 끈기도 오기도 없냐/빚만 몽땅 걸머지고 니로게"(「소쩍새 우는 밤」) 또 호통을 치신다. 그뿐인가? "군대 가서 중장비 경력 쌓아/사회 나와 취직하려/외갓집 농사자금 빌려 학원에 간 형//한눈팔면 코 베어 간다는 서울/직장 잡아 숙식 해결 하는 일/아무나 하는 일 아니어서/거미줄처럼 얽힌 골목 빠져나와/보름 만에 고향으로 돌아온 날 저녁//빚만 지고 니리온 너 같은 자슥은/나 죽으면 당장에 깡통 찬다"(「소쩍새는 울어대고」)고 내치신다.

취직 시험에서 떨어지고 돌아온 자식에게, 취직 시험 공부하러 떠났다가 못 견디고 고향으로 내려온 자식에게 아버지는 거친 육담을 섞어서 내뱉듯이 매몰차게 몰아붙인다. 소위 "교양 있는 서울 사람들이 두루 쓰는" 표준어가 아니다. 그러나 시인은 전혀 미화하지 않고 아버지의 언어를 그대로 시에 옮긴다. 시인은 이 대목에서도 아버지의 그런 냉혹한 사랑에 대하여 자랑하고 있는 것이다. 아버지의 나름의 사랑법이기 때문이다. 그리고 그것을 이해하지 못한 자식들이 아니었던 까닭에 훗날 시인은 그 순간들이 사무치게 그리운 것 아니겠는가? 그러한 차가운 사랑이 있었기에 어머니의 희생적이고 자애로운 사랑은 더욱더 뜨거웠을 것이다.

그러나 그런 아버지가 어머니 먼저 앞세우고 딸 시집보낼 때 어떤가? "배곯아가며 샀다는/내집땅 삼대논 두 마지기//논 사면 최소한/삼대에 걸쳐 팔아먹지 않고/대대로 농사지어 먹는다는 삼대논//막내딸 시집보낼 때/수중에 돈 한 푼 없어/삼대논만 바라보던 아버지//너그 어매 죽고 없응게/내가 솜이불만은 해줄란다"(「삼대논」) 하시곤 삼대논을 팔아 누이를 시집보낸다. 누구보다 자애롭고 따스한 부정을 가진 아버지의 모습이 시 속에 비쳐져 있다.

> 고향 다니러 온 형님께
> 쌀가마니 챙겨주는 어머니
>
> 비도 니리고 형게
> 니가 좀 갔다오니라
> 나 몰라, 안 갈 거여
>
> 새몰 사람들이 지게 짊어지고 니로는 나를 보고
> 월국떡은 자식도 없냐고 쑥덕거리면 너는 좋냐
>
> 성기게 니리는 보슬비
> 쌀, 아버지 짊어지고
> 보따리, 어머니 이고

버스정류장 나가고 있다

나 대신 지게 탈래탈래 짊어지고
정자나무 아래 걸어오는 어머니 모습 보고
얼른 골목으로 숨어들었다

—「불효자식」 전문

    그러한, 무작정의, 맹목적인, 죄인 수준의 부모님의 사랑은
자식에겐 그것을 미처 깨닫지 못하고, 깨달았을 땐 이미 저세상
으로 떠나가버린 뒤라서 자식 된 시인은 스스로를 "천하에 불효
자식"이라고 자책할 수밖에 없다. 그 누구보다도 부모님의 자애
롭고 때로는 준엄한 사랑을 절절한 사랑으로 자기 것으로 받아
들인 사람의 자세라고 할 수 있다. 나아가 부모님은 자식을 위
해, 자식 대신 고생하시고 배곯으며 사셨다는 죄책감과 자책감
은 두고두고 시인에게 사랑의 부채 의식으로 자리 잡게 된다.
실제로 그가 아버지가 팔아버린 고향 집을 다시 사들여 주말이
면 돌아가 밭을 가꾸고 예전에 살던 것처럼 사는 것도 이 사랑
의 부채 의식에서 비롯된 바가 크다 할 것이다.

3. 사랑의 발원지

월곡양반 월곡댁
손발톱 속에 낀 흙
마당에 뿌려져

일곱 자식 밟고 살았네

—「사랑비」 전문

아무 치장 없이 부모님에 대한 그리움을 담담히 노래하고 있다. 돌아가신 부모님에 대한 각별한 사랑의 마음 없이는 김도수도 김도수의 시도 없다. 위 시의 문면에 나타난 내용 그대로다. 그 부모님의 사랑(또는 부모님에 대한 사랑)으로 그는 부모님 생전의 그 마을 앞 고추밭 모서리에 '사랑비'를 세웠다.

생전의 부모님이 넉넉하게 사셨더라면, 호의호식하셨더라면 이런 사랑의 마음은 이렇게까지 애틋하지 않았을지도 모른다. "뽕뽕 구멍 난/누우런 러닝샤쓰(「귀뚜라미 울던 밤」)" 차림으로 논일밭일 물일불일 들일산일로 뼈마디가 닳으신 분들이다. 누이의 꿈속에 나타난 어머니는 꿈속에서도 "비 온디 보리밭 매고 있"(「누이 전화」)다. "손발톱 속에 끼인 흙"만으로도 마당에 흙을 돋울 정도로 자식 위해 일만 해오신 분들, 그분들이 김도수의 삶과 글의 원천적 질료이다. 김도수의 글엔 거짓으로 꾸민 군더더기나 현란한 수사나 억지스런 상상이 없다. 아버지, 어머니의 삶을 받아 쓴 것들이다. 가난했으나 사랑이 넘치고 땅 앞에 진실했던 농군의 삶. 그냥 한 대목 옮겨 적기만 해도 가슴이 저릿저릿한 시 한 편이 된다.

벽장에서 내린 찬 이불
선뜻 파고들 수 없어

올망졸망한 자식들 머뭇거리는데
차디찬 이불 속 먼저 파고들어
온기 불어넣는 어머니

옆으로 쏘오옥 파고들어
따뜻한 젖 만지면
세상은 다 내 것이었다

새벽녘 눈 비비자마자
젖 만지려 앞가슴 더듬는데
두툼한 손이 덥석 잡힌다

어!
어매 젖은 내 것인디
이게 누 손이다냐

자식들에게 나누어주느라 식어버린
어머니의 온기를 채워주려는
아버지 손

—「손」 전문

어머니의 젖가슴에서 만난 아버지의 손과 어린 아들의 손, 다소 민망한 대목일 수 있겠으나 여기선 조금도 가볍거나 민망한 느낌을 주지 않는다. 여기 진정한 사랑이 있다. 가난했기에 더욱 가슴 더운 사랑이 여기 있다. 벽장에서 마악 꺼낸 이불은 차디차다. 그 찬 기운을 없애기 위해 어머니가 이불 속에 먼저 들어가 체온으로 이불 속을 데워놓는다.

쉬이 식어버리는 새벽 구들장에 다시 냉기가 돌 때 어린 자식은 그 어머니 젖가슴을 파고든다. 그 따뜻한 체온과 감촉을 옮겨오고 싶은 것이다. 어머니 몸은 그만큼 식었을 것이다. 아, 그런데 또 하나의 큼직한 손이 어머니 가슴을 더듬는다. 사랑에 몸이 더워진 젊은 아버지의 손이다. 시인은 자식들 나눠주느라 식어버린 어머니의 젖가슴을 데워주려는 손으로 읽는다. 아무러나 좋다. 내외간의 사랑, 부모 자식 간의 사랑이 여기 모두 다 있다. 가난을 이유로 부서지고 망가지는 가정이 얼마나 많은가? 그런가 하면 가난하였으므로 오히려 따뜻하고 애틋한 사랑이 이처럼 여기에 있다. 그 사랑에 젖줄을 대고 있는 김도수의 시편들이 한결같이 맑고 따뜻한 이유가 여기에 있는 것이다.

젖줄 얘기가 나왔으니 한 편 더 보자.

고추밭 밭두렁
어머니가 심은
뽕나무 한 그루

곡식에 그늘만 찐게
비어불제 뭐더게 놔두냐
마을 사람들 나무라지만

연둣빛 뽕잎 사이로 봉긋
젖살 드러낸 오디

어머니 젖꼭지처럼 붉어질 때면

늙수그레한 사내자식
붉은 오디
쭉쭉 빨고 서 있다

봄이면 옷고름 풀어헤치고
딱 한 번 젖 주고 가는
어머니 나무
아직 푸르다

—「뽕나무」 전문

　별다른 장식도 없고 수사도 별로 없는 김도수의 이번 시편들 가운데 그 비유가 가장 빛나는 시편이다. 어머니가 심은 뽕나무에 열린 오디가 어머니 젖꼭지에 비유되어 있다. 오디에서 연상되는 어머니의 젖꼭지도 뛰어난 비유이려니와 오디의 그 단맛이 그려지면서 한층 어머니의 사랑과 그 사랑을 기리는 화자의 애틋한 그리움이 잘 그려지고 있다. "늙수그레한 사내자식/붉은 오디/쭉쭉 빨고 서 있"는 대목에서 목이 메어온다. 나이를 먹어도 어머니는 영원한 어머니인 것이다. 아니, 나이 먹을수록 그 그리움은 오히려 더 간절해지는 것인지도 모른다.

　　배추밭에 들어가 풀 매고
　　밭두렁 올라서는데
　　고무신 속 몽근 흙

발걸음 옮길 때마다 곰지락거린다

울 어매 발바닥 닳게
내 생명 키워준
그 흙 한 톨도 아까워

다시 밭으로 들어가
탈탈 털고 나왔다

— 「흙」 전문

    시인이 주말이면 가서 배추 갈고 무 갈아 먹는 그 밭은 섬진
강변에 있다. 아버지 어머니가 일구었던 그 땅이다. 강변이건
산비알이건 밭을 처음 일굴 때는 바위도 들어내고 수많은 자갈
을 골라내야 한다. 그렇게 해서 일군 땅에 곡식이 자라게 하기
까지 얼마나 많은 퇴비를 쏟아부어야 하는지 모른다. 요즘이야
화학비료 뿌리고 가축분 발효시킨 퇴비 사다가 거름을 준다지
만, 옛날에는 풀을 베어 지게에 져다가 산처럼 쌓아서 거기에
집에서 기른 가축분과 인분으로 삭혀 거름을 만들어 썼다. 한
평 땅을 기름지게 하기 위해 이루 말로 다 할 수 없는 피와 땀을
쏟아야 한다. 아버지는 그 밭에 지게로 거름을 져 날랐다. 몇 지
게나 들어가나 보자 하시며 아버지는 집에 들어설 때마다 돌을
하나씩 쌓았다. 그 작은 돌멩이가 쌓여 탑을 이루었더란다. 거
름 더미도 탑을 이루었다(「짐탑」).
    다른 사람이 보기엔 그냥 흙이겠지만 시인에게는 그 땅의 흙

이 바로 부모님의 살과 다를 바 없는 것이다. 고무신 속에 들어와 몽글몽글 만져지는 그 흙, 어머니의 젖가슴과 같은 그 부드러운 흙살이 만져지는 것 같다. 어찌 그 흙을 아무 데나 함부로 털 수가 있단 말인가? 한 줌도 못 되겠지만 그 흙을 다시 밭에 돌려주는 그 마음을 헤아려보라. 부모님의 피와 땀과 정성을 받드는 그 마음인 것이다. 담담한 짧은 시 한 편 속에 담긴 시인의 애틋한 마음을 읽고 몇 번이나 눈시울이 젖고 가슴이 더워지는 경험을 했다.

4. 강물처럼 유전하는 사랑

넉넉하지 않고 배부르지 않고 둘러봐도 가난뿐인 그 진뫼의 그 부모님이 왜 살뜰히 그리울까? 그것이 사랑 때문인 것을 앞에서 보았다. 그것은 자식들의 마음속에 강물처럼 끊이지 않는 사랑과 그리움, 건강한 인생관, 삶에 대한 올바른 지향점을 심어주었다. 그 부모에 그 자식이라 했던가? 벼 한 톨 쌀 한 알을 함부로 여기지 않은 농부의 피를 이어받아 시인도 논바닥에 떨어진 벼 이삭을 보곤 그냥 지나치지 않는다. 벼 이삭을 줍는 자식을 보며 사내아이가 그런 작은 것에 마음을 주어서야 되겠냐고 말씀하실 때 그의 자식은 당당하게 대답한다. "농사, 일 년에 한 번 짓제 두 번 짓가디/떨어진 나락 모가지 눈앞에 보이는데/어찌 그냥 지나쳐버릴 수 있다요" 엄하기만 하던 아버지도 "그려, 니 말이 맞다/농사, 일 년에 한 번 짓제 두 번 안 짓제/너는 커서 밥 굶고 살지는 않겠다"(「밥 굶고 살지는 않겠다」) 하시며 신뢰를 보내시는 것이다. 아버지의 삶의 철학이 아들에게 유전하는 흐뭇한 모습이다. "남보다 좀 잘났다고 히서/머릿속에 아는 거/몇 개 더 들었다고 히서/고개 뺏뺏허게 쳐들고 댕김선/허세 부리지 말고 살거라//우리 사는 일/나락 모가지와 같단다"(「나락 모가지」).

시인이 신조처럼 여기고 사는 겸손의 미학도, 신앙처럼 여기는 근면과 자기 성찰의 습성도 아버지에게서 비롯된 것임은 말할 것도 없다. 시인의 삶의 철학이 이처럼 부모의 지극한 사랑에서 비롯되었음을 시 전편에서 확인할 수 있다.

시인의 고향, 진뫼는 시인의 아버지 어머니이며, 아버지 어머니의 확장이다. 단순히 태어나고 자란 공간으로서의 의미를 넘어선다. 진뫼의 산천과 자연과 그 안에서 이루어지는 모든 삶은, 모든 생명 활동은 시인에게 사랑으로 내면화되고 육화된다.

기어다니는 개미도 피해
땅 골라 밟던 군우실 할매
하굣길 책보 메고 달려오면
마을회관 앞에 앉아

아가야, 살살 댕기라
땅바닥에 기어댕기는 개미 새끼들
다 밟아 죽일라

흰 저고리 지붕 위로 던져진 새벽
물안개 앞산 타고 하늘로 오르고

꽃상여 놓인 헛간으로
이른 아침부터
검은 상복 차려입은 개미 떼들
꼬리에 꼬리를 물고 몰려와
차례차례 문상을 하고 있다

　　　　　　　　　—「군우실 할매」 전문

　진뫼의 모든 것은 스승이다. '군우실 할매'도 내 아버지, 어머니가 그렇듯이 나에게 생명에 대한 외경을 가르치는 귀한 스승이다. 시인은 부모님에게서 사랑을 배운 데서 더 나아가 진뫼의 '할매'에게서도 삶을, 사랑을 배운다. "아가야, 살살 댕기라/땅바닥에 기어댕기는 개미 새끼들/다 밟아 죽일라". "기어다니는 개미도 피해/땅 골라 밟던 군우실 할매"의 말씀이다. 뭇 생명에 대한 존엄성을 알고 생명을 사랑하라는 경전의 말씀과 하나도 다르지 않다. 진뫼의 자연뿐만 아니라 마을 어르신들의 한마디 말씀에서도 삶의 소중한 깨달음을 얻는 것이다.

　고향의 풀 한 포기, 나무 한 그루, 돌 하나도 소중하지 않을 수 없다. 그래서 마을의 정자나무도 "떨어진 삭정이 한 토막도/발끝으로 차지 않고/신성시하며 소원 빌"(「정자나무 말매미」)게 되는 것이다. 마을에 지킴이돌을 세우고, 누군가 훔쳐가버린 마을 앞 강가에 널찍한 바위를, 공사했던 중장비 업자를 수소문하여 기어이 찾아다가 제자리에 다시 놓아두는 것도 같은 맥락이다. 그 모두가 내 어머니 아버지라는, 내 스승이며 가족이라는 생각에서 비롯된 것이다. 그래서 시인의 사랑과 그리움은 부모님에 대한 그것을 넘어서 진뫼의 모든 것으로 향한다. 진뫼와 부모에게서 발원한 사랑의 강물은 시인에게로 흘러들었다가 다시 진뫼의 모든 것으로 유전하고 확산되어 흘러가는 것을 우리는 전편의 시 작품 속에서 확인하게 된다.

5. 시인은 오늘도 진뫼로 간다

시인은 "오늘도 진뫼로 간다." "일요일, 고향 텃밭에 참깨 털고/되돌아오는 길/파리 한 마리/차 안으로 따라 들어와/귀찮게 달라붙어 쫓다 포기했다//텃밭에 거름 내러 달려간 토요일/고향 도착해 차 문 여는데/어디서 숨었다 나오는지/윙 하며 재빨리 빠져나간다//파리, 저놈도/고향에서 살다 죽겠노라고"(「파리 한 마리」) 그러는 것 같다. 정작 시인 자신이 소망하는 내면 풍경을 이렇게 그려낸 것이리라. 시인은 그렇게 직장을 나가지 않는 날이면 거르지 않고 고향집으로 향한다. 씨 뿌리고 가꾼다. 아버지가 가꾸던 앞산 감나무밭에 칡덩굴을 걷고 산에 나무를 심고 상추를 배추를 심고 솎고 풀을 매고 노동을 하는 것이다.

섬진댐 들어서며 강은 가슴께에 탁 막혀버렸다
숨 쉬기 힘든 강은 개울물 다시 불러 흐르지만

갈수기 때면 소리조차 내지 못하는 숨죽인 강 되어
부유물만 흐물흐물
차마 눈 뜨고는 쳐다볼 수 없는 강인데
섬진댐 바로 아래 또 적성댐이라니

삽 호미 내팽개치고
지팡이 짚고 꼬부랑꼬부랑
도청 수자원공사 여의도로 뛰어다니다
밤늦게 돌아와 식은 밥 한 숟가락 뜨는
섬진강 상류 산골짝 어매 아부지들

강물님
제발, 아부지 징검다리 건너 논에 가는 강이기를
밭 매고 돌아온 어매 얼굴 씻어주는 강이기를
멈추는 강이 아닌 흘러가는 강이기를

마을 삼켜버리는 강 되지 말고
마을 지켜주는 강 되라
정자나무 아래 지킴이돌 세워놓았다
                         ─「섬진강 지킴이 돌」전문

    시인은 오늘도 여전히 그 진뫼에서 부모님이 농사짓던 밭에
손수 배추를 가꾸고 무를 심어 김장까지 하며 살고 있다. 이것
은 어찌 보면 전원 생활을 통한 자족적 행복 추구나 회고적 취
미 정도로 보아 넘길 오해의 소지가 있다. 그러나 앞서도 보아
왔듯이 작게는 고향 진뫼에서 잉태된 사랑의 마음을 오롯이 간

123

직하고, 나아가 훼손된 고향의 자연환경과 공동체적 삶을 복원하는 데 그의 마음이 닿아 있음은 의심할 여지가 없다.

인용한 시에서 보듯이 섬진강댐이 들어서면서 강은 숨죽여 마지못해 흐르는 강이 되어버렸다. 그런 데다가 또 적성댐을 건설한다는 소식이 들려온다. 그렇게 되면 아름다운 생명의 터전인 고향의 산천과 그나마 누백 년 명맥을 이어온 공동체적 삶은 그야말로 완전히 물에 잠기게 되는 것이다. 시인의 고향에 대한 개인적인 애착과 전원적인 삶에 대한 취향이 수몰되는 것과는 차원이 다른, 뭇 생명과 생존의 문제인 것이다. 시인은 도청으로, 수자원공사로, 국회로 마을 사람들과 함께 뛰어다니며 댐건설 저지에 나서게 된다. 경제적 논리가 아닌 삶과 생명의 논리로서 강을 바라보자는 시인의 주문이 담긴 시편이다. 지금 강이 흐르고, 앞으로 강이 또 흐르게 된다면 이렇듯 시인의 각별하고 애틋한 고향 사랑과 섬진강 사랑이 있기 때문일 것이다. 시인은 스스로 '지킴이 돌'이 되어 그는 섬진강과 진뫼를 지키고 있다.

이번 시집에 보여지는 작품이 고향 진뫼에서의, 특히 돌아가신 부모님과 관련된 향수와 그리움으로 테두리가 그어진다면, 여기서 진뫼 이야기는 한 매듭 짓고 앞으로의 시 작업은 이것들을 포함하여 한층 더 넓어진 외연을 보여주기를 주문하고 싶다. 아울러 더욱 애잔하고 애틋한 서정과 함께 넓고 깊은 시 세계를 가꾸어나가기를 빈다.

이번 시집에서 시인이 왜 진뫼를 노래해야만 했고, 진뫼로

가야만 하는지 다음 시 한 편을 함께 읽는 것으로 글을 닫을까
한다.

> 벼락바위에서 별 헤고
> 뱃마당에서 뱃놀이하고
> 자라바위에서 자라 보고
> 까마귀바위에서 미역 감고
> 두루바위에서 다이빙하고
> 노딧거리에서 징검다리 건너고
> 강변에서 황소 등 올라타고
> 쏘가리방죽에서 쏘가리 잡고
> 다슬기방죽에서 다슬기 잡고
> 얼음바위에서 얼음 타고
> 뛰엄바위에서 폴짝폴짝 뛰어보고
>
> 세상에 나가 어떻게 살아야 하는지
> 강변 휘젓고 다니며 배웠으니
> 강물 속 헤엄치며 배웠으니
> 나는 오늘도 진뫼로 간다
>
> ―「진뫼로 간다」 전문

卜孝根 ┃ 시인

푸른사상 시선 52

진뫼로 간다